KB196350

마루 탐정!
우리 집을 찾아 줘

저학년 **책이 좋아_12**

마루 탐정! 우리 집을 찾아 줘

초판 1쇄 인쇄 2024년 12월 18일
초판 1쇄 발행 2024년 12월 27일

글 정유리
그림 박현주

펴낸곳 도서출판 개암나무(주)
펴낸이 김보경
경영관리 총괄 김수현   **경영관리** 배정은 조영재
편집 조원선 김소희 오은정 이혜인   **디자인** 이은주   **마케팅** 이기성
출판등록 2006년 6월 16일 제22-2944호

주소 서울특별시 용산구 한남대로40길 19, 4층(한남동, JD빌딩) (우)04417
전화 (02)6254-0601, 6207-0603   **팩스** (02)6254-0602   **E-mail** gaeam@gaeamnamu.co.kr
개암나무 블로그 http://blog.naver.com/gaeamnamu   **개암나무 카페** http://cafe.naver.com/gaeam

ⓒ 정유리, 박현주, 2024

ISBN 978-89-6830-843-7 74800
ISBN 978-89-6830-050-9 (세트)

KC **품명** 아동 도서 | **제조년월** 2024년 12월 27일 | **사용연령** 8세 이상
제조자명 개암나무(주) | **제조국명** 대한민국 | **전화번호** 02-6254-0601
주소 서울특별시 용산구 한남대로40길 19, 4층(한남동, JD빌딩)

마루 탐정!
우리 집을 찾아 줘

정유리 글 박현주 그림

개암나무

차례

특별한 손님

친구들은 나를 탐정이라고 불러. 마루 탐정! 사건이 발생하면 다들 나를 찾아오지. 지금까지 해결하지 못한 사건은 단 하나도 없어!

학교 도서관에서 가장 인기 있는 책 〈고양이 유령과 대화하는 방법〉에 왕 코딱지 묻힌 범인 찾기, 급식실에서 발견한 안경 쓴 토끼 인형 주인 찾기 등등 어떤 사건도 문제없어. 토끼 인형 주인을 찾을 때는 무려 다섯 명이나 자기 인형이라고 했어. 해결하는 데 시간이 가장 오래 걸린 사건이었다니까!

나는 특히 잃어버린 물건을 잘 찾아 줘. 연필, 지우개, 실내화 한 짝……. 내가 찾아 준 물건은 셀 수 없이 많아.

며칠 전, 의자에 앉아서 책가방을 정리하는데 수아가 나를 찾아왔어. 나는 수아를 살펴봤지.

'금방이라도 울 것 같은 표정이야. 안 좋은 일이 생겼구나. 헉헉대는 숨소리가 나한테까지 들려. 학교에 도착하자마자 우리 반으로 뛰어온 게 분명해.'

나는 수아한테 물었어.

"무슨 일이야?"

수아가 다급한 목소리로 말했어.

"절교장을 잃어버렸어! 어제 주노가 내 공룡 젤리를 다 먹어 버려서 절교장을 썼거든. 공룡 젤리를 먹어도 된다고 했지만 다 먹어도 된다는 뜻은 아니었으니까!"

나는 탐정 수첩을 꺼냈어. 그리고 수아한테 질문했어.

"절교장을 쓴 장소와 시간은? 다 쓴 절교장은 어떻게 했어?"

수아가 곰곰이 생각했어.

"자기 전에 절교장을 썼어. 오늘 아침 현관에서 신발을 신는데 갑자기 절교장이 생각나는 거야. 방에 가서 얼른 절교장을

챙겨 책가방에 넣었지. 주노한테 줘야 하니까. 그런데 학교에 오면서 마음이 바뀌었어. 내가 주노한테 젤리를 다 먹지 말라고 말했으면 주노는 분명 젤리를 남겼을 테니까. 혹시 내가 잃어버린 절교장을 주노가 보면 어떻게 해.”

나는 수아네 교실로 가서 수아 책가방에 든 물건을 모두 꺼냈어. 책 사이에 끼워 두고 깜빡했을 수도 있으니 책장을 한 장 한 장 넘기며 절교장을 찾아봤어. 하지만 어디에도 절교장은 없었지. 그때 신발주머니가 눈에 띄었어.

‘수아는 절교장을 책가방에 넣었다고 했어. 그런데 현관에서 신발을 신다가 절교장이 생각났다고 했잖아. 수아는 책가방을 메고 있었을 거야. 학교에 가려고 집을 나오기 직전이었을 테니까. 등에 멘 책가방보다 손에 든 신발주머니가 절교장을 넣기 더 편하지! 수아의 기억이 잘못되었을 수도 있어!’

나는 수아의 신발주머니 앞 지퍼를 열었어. 반으로 꾹꾹 눌러 접은 절교장이 있었어. 절교장을 되찾은 수아가 환하게 웃었지.

“찾았다! 마루야, 정말 고마워. 너는 최고의 탐정이야!”

나는 옆머리를 천천히 쓸어 넘겼어.

"뭐, 이 정도 가지고."

수아가 나한테 특별히 티라노사우루스 젤리를 줬어. 젤리를 맛있게 먹으면서 앞으로도 마루 탐정을 필요로 하는 친구들을 잘 도와줘야겠다고 다짐했지.

나는 봄봄 공원에 자주 들러. 봄봄 공원은 다양한 사람이 모여서 관찰할 게 많거든. 훌륭한 탐정이 되려면 눈에 보이는 것은 물론이고 눈에 보이지 않는 것까지 알아차릴 수 있어야 하니까.

나보다 키가 두 뼘 정도 큰 남자아이가 공원 출구를 향해 뛰어갔어. 금방이라도 울 것 같은 표정을 하고 말이야. 나는 추리를 시작했어.

남자아이는 농구공을 옆구리에 끼고 손에는 휴대 전화를 들고 있었지. 엄마나 학원 선생님한테 전화가 걸려 온 게 분명해. 척척 수학 학원 가방을 메고 있었거든. 지금은 대부분의 학원이 수업을 시작할 시간이야. 농구를 잠깐만 하고 가려고 했지만 학원 수업을 까맣게 잊어버린 거지.

'많이 혼나지 않기를 바라.'

남자아이를 보면서 행운을 비는데 수상한 아저씨가 내 옆을 지나갔어. 아저씨가 하얗게 질린 얼굴로 주변을 두리번댔어. 나는 아저씨의 상황을 정확하게 파악할 수 있었지.

'엉덩이와 다리에 힘을 잔뜩 주고 걷고 있어. 빠르게 걷다가 천천히 걷기를 반복하면서. 화장실을 찾는 게 분명해.'

나는 공원을 돌아다녔어. 탐정은 항상 새로운 사건을 찾아다니거든. 때마침 벤치에 앉아 있는 초등학생 커플을 발견했어. 커플인지 어떻게 아냐고? 둘 다 가방에 피자 모양 키 링을 달았거든.

여자아이는 손에 반만 남은 핫도그를 들고 화난 얼굴을 하고 있었어. 남자아이 입가에는 케첩이 묻어 있었지. 나는 웃음을 꾹 참았어. 남자아이가 여자아이한테 "핫도그 한 입만"이라고 말했을 거야. 하지만 너무 많이 먹어서 여자아이가 잔뜩 화가 난 거지. 핫도그를 보니까 나도 배가 고팠어.

'이제 집에 가야겠다. 그런데 저건 뭐지?'

탐정 수첩을 덮고 벤치에서 일어나려는데 시커먼 털 뭉치가

다가왔어. 가까이서 보니 털 뭉치가 아니라 개였어! 개는 내
앞에 주저앉더니 이렇게 말했어.

"혹시, 마루 탐정?"

내 소문이 개들한테까지 난 건가? 나는 일단 개 상태를 분
석했어. 축 처진 귀, 꼬질꼬질한 털, 힘없는 걸음걸이. 보살핌
을 받지 못한 게 틀림없었어. 개는 나한테 사건을 의뢰했어.

"현이 형을 잃어버렸어. 현이 형을 찾아 줘!"

개 사건은 처음인데……. 나는 잠시 고민했어. 하지만 거절할 수 없었어. 지금까지 나한테 사건을 의뢰한 그 누구보다 훨씬 더 간절해 보였거든.

마루 탐정을 찾아가다

내 이름은 몽구야. 반짝반짝 아파트에서 현이 형, 엄마, 아빠랑 같이 살고 있어. 나의 하얗고 보드라운 털을 따라올 개는 없을 거야. 눈을 동그랗게 뜨고 뒷발에 힘을 주며 일어나면 다들 나를 보고 환호하지.*

"우아, 너무 귀여워!"

나는 세상에서 가장 멋진 개일 뿐만 아니라 세상에서 가장 사랑받는 개일 거야. 매일 나를 위한 택배가 집으로 배송되거든. 우리 가족은 새로 나온 개 용품이 있으면 바로 주문했어.

환호하다 기뻐서 큰 소리로 부르짖다

나는 산책하고 싶을 때마다 개 전용 러닝머신 위를 달렸어. 그리고 개 전용 자동 욕조에서 거품 목욕을 했어. 개 전용 안마기로 안마를 받으면 그렇게 시원할 수가 없어. 거품 목욕과 안마가 끝나면 게임하는 현이 형 옆에서 뽀송뽀송한 상태로 잠을 자곤 했지.

며칠 전 현이 형, 엄마, 아빠가 거실에 모여 이야기를 나눴어. 작은 목소리로 속닥거려서 무슨 이야기를 하는지 잘 들리지 않았어.

'가족회의 하는 건가? 나도, 나도 같이해야지!'

나는 가족회의에 참여하려고 다가갔어. 나를 발견한 현이 형이 큰 목소리로 말했어.

"몽구야! 이번 주 토요일에 여행 가기로 했어. 그동안 집에만 있어서 답답했지? 너를 위한 여행이야. 가서 재미있게 놀자!"

기분이 너무 좋았어. 폴짝 뛰어올라 현이 형한테 안겼지. 현이 형이 환하게 웃었어. 엄마, 아빠도 나와 현이 형을 바라보면서 미소 지었어.

드디어 토요일이 되었어. 기분이 들떠 아침 일찍 눈이 떠졌지. 현이 형, 엄마, 아빠가 짐을 챙겼어. 커다란 가방이 세 개나 있었어.

'드디어 여행 간다! 처음이라 너무 떨려. 딱 한 번, 가까운 숲길에

간 날 빼고는 아파트 단지 밖으로 나가 본 적이 없는데……. 따로 짐을 안 챙겨도 되려나. 참, 개 선글라스! 하마터면 빼놓을 뻔했다.'

나는 현이 형, 엄마, 아빠와 함께 주차장으로 내려가 차에 탔어. 차는 곧 주차장을 빠져나가 도로를 달렸어. 창문으로 시원한 바람이 들어오자 머리털이 흩날렸어. 차는 꽤 오래 달렸어. 나는 현이 형한테 기댄 채 잠이 들었지.

현이 형이 나를 흔들었어.

"몽구야, 일어나."

드디어 도착했나? 창밖 풍경을 보니 얼른 차에서 내리고 싶었어. 현이 형이 나를 안고 차에서 내렸어. 역시 내 마음을 아는 건 현이 형밖에 없어.

"아빠가 쉬었다 가자고 해서 냠냠 휴게소에 잠깐 들렀어. 우리도 간식 좀 먹자."

냠냠 휴게소에는 사람이 엄청 많았어. 현이 형과 엄마는 핫도그 파는 곳으로 갔어.

"우아, 맛있겠다! 엄마, 우리 핫도그 사서 차 안에서 먹자. 몽구도 간식 줘야 하니까."

핫도그를 주문하고 계산을 하려다가 엄마가 말했어.

"아이고, 지갑 놓고 왔다. 현아, 몽구랑 잠시만 기다리고 있어!"

현이 형이 고개를 끄덕였어. 그런데 현이 형이 나를 바닥에 내려 놓았어.

"몽구야, 나 지금 배가 너무 아파. 얼른 화장실 다녀올게. 여기에 서 기다리고 있어!"

나는 핫도그 가게 앞에 얌전히 앉아서 현이 형을 기다렸어. 지나 가던 여자아이가 나한테 다가왔어.

"너 정말 귀엽다. 그런데 왜 혼자 있어?"

여자아이가 내 머리를 쓰다듬으려고 손을 뻗었어. 나는 '컹!' 하 고 짖었지.

"우리 가족 말고는 아무도 나를 못 만져!"

여자아이는 뒷걸음질하더니 엄마에게 달려가 안겼어.

화장실에 사람이 많은지 아무리 기다려도 현이 형은 돌아오지 않았어.

'엄마는 아직도 지갑을 찾고 있나……'

그때 노란색 나비가 내 코에 앉았어. 앞발로 살짝 건드리자 나비가 날개를 팔랑거리면서 날아갔어. 나는 나비를 쫓아 꽃이 활짝 핀 화단으로 갔어. 나비를 구경하는데 길고양이가 먼지가 잔뜩 묻은 소시지를 물고 다가왔어. 이상하고 고약한 냄새가 났어.

‘아휴, 고양이 전용 욕조가 없어도 그렇지. 이건 너무하잖아.’

길고양이가 소시지를 바닥에 내려놓았어.

“어이, 개. 소시지 좀 줄까?”

빈정대는˚ 길고양이를 보니 짜증이 났어.

“나는 바닥에 떨어진 음식은 먹지 않아.”

길고양이가 씩 웃었어.

“음식이 있을 때 먹어 두는 게 좋을 텐데. 나랑 같은 처지 같아서 조언해 주는 거야.”

길고양이는 알 수 없는 말만 남긴 채 소시지를 물고 유유히 사라졌어.

‘쟤 뭐야. 기분 나쁘게……’

나는 화장실 앞으로 가서 현이 형을 기다렸어. 현이 형이 나타

빈정대다 남을 은근히 비웃는 태도로 자꾸 놀리다

나 "몽구가 나를 찾아왔구나! 넌 정말 똑똑한 개야"라고 하면서
칭찬해 주기를 바랐어. 하지만 현이 형은 오지 않았어.

'내가 화장실로 오는 사이에 핫도그 가게로 간 건가. 나를 못 보
고 지나쳤을 수도 있지.'

나는 다시 핫도그 가게 앞으로 갔어.

'가만히 있을 걸 그랬나. 엄마도 나 찾으러 다니고 있을 텐데.'

나는 현이 형과 엄마를 찾으려고 여기저기를 뛰어다녔어. 사람이 너무 많아 쉽지 않았지. 그렇다고 포기할 수는 없어. 이번에는 아빠 차를 찾아보기로 했어. 핫도그 가게까지 현이 형한테 안겨 와서 그런지 차를 세워 둔 곳이 잘 기억나지 않았어. 나는 코를 킁킁거리면서 냄새를 맡았어. 사람 냄새, 음식 냄새, 길고양이 냄새가 뒤섞여서 현이 형, 엄마, 아빠를 찾기 어려웠어. 다시 핫도그 가게로 가서 가족을 하염없이 기다렸어.

날이 어두워지자 냠냠 휴게소에 불이 하나둘 켜졌어. 주차장에 차도 몇 대 남지 않았지. 나는 다시 주차장으로 가서 아빠 차를 찾았어. 하지만 아빠 차는 없었어.

'빵빵!'

차들이 나한테 비키라고 경적을 울려 댔어. 나는 겁이 났어.

'내가 핫도그 가게 앞에 가만히 있었으면 이런 일이 생기지 않았을 텐데. 다 내 잘못이야. 현이 형은 지금 내 걱정하느라 아무것도 못 하고 울고 있을 거야. 형, 내가 갈게. 조금만 기다려!'

나는 밤새 잠을 자지 못했어. 모기며 파리, 처음 보는 벌레 들이 계속 괴롭혔거든. 바닥도 딱딱해서 엎드려 있기 불편했고 말이야. 푹신한 내 침대가 자꾸 생각났어.

아침이 되자마자 길을 나섰어. 차들이 쌩쌩 달려서 무섭긴 했지만 빨리 현이 형을 찾고 싶은 마음에 꾹 참고 걸었어. 덥고 목이 말랐어. 나무 그늘에 앉아 쉬는데 지나가던 너구리가 말을 걸었어.

"보아하니 길에서 사는 개는 아닌 것 같은데……."

나는 너구리한테 물었어.

"맞아! 반짝반짝 아파트를 찾아가고 있어. 우리 집이거든. 혹시 반짝반짝 아파트 가는 방법을 아니?"

너구리가 고개를 저었어.

"몰라. 이쪽으로 가면 바다가 나오니까 반대로 가 봐. 아무래도 반짝반짝 아파트는 도시에 있을 것 같으니까."

너구리가 가르쳐 준 방향으로 계속 걸었어. 발바닥이 너무 아팠어. 내가 산책하던 반짝반짝 아파트에는 돌멩이가 거의 없었거든. 물론 산책한 적은 몇 번 안 되지만 말이야.

낡은 트럭이 지나가다가 내 앞에 멈춰 섰어. 할아버지가 운전석 창문을 내리더니 나한테 말을 걸었어.

"차가 다니는 도로에 있으면 위험하단다. 지금 친구를 만나러 가는 길인데, 같은 방향이면 태워 주마. 어디에 가는 길이니?"

"반짝반짝 아파트요."

"잘됐구나. 나도 그 근처에 가는 길이니 같이 가자꾸나."

할아버지는 나를 안아서 트럭에 태웠어.

"나도 너만 한 강아지 콩심이를 키우고 있어. 얼른 일 보고 집으로 가야겠다. 너랑 같이 있으니까 콩심이가 더 보고 싶구나."

나는 할아버지 이야기를 듣다가 잠이 들었어. 며칠 동안 제대로 먹지도, 쉬지도 못 해서 너무 피곤했거든.

할아버지가 나를 깨웠어. 졸려서 겨우 눈을 떴어.

"반짝반짝 아파트 근처에 도착했단다. 목적지까지 무사히 찾아가길 바라마."

할아버지가 차 문을 열어 줬어. 할아버지를 만난 건 정말 행운이었어. 나는 할아버지한테 인사했어.

"고맙습니다."

할아버지가 손을 흔들었어.

"잘 가렴!"

반짝반짝 아파트를 찾기는 쉽지 않았어. 주위에 비슷한 건물이 너무 많았거든. 할아버지와 헤어지고 무작정 길을 걸었어. 그러다 놀이터를 발견했어. 아이들이 미끄럼틀 주변에서 이야기를 나누고 있었어. 나는 귀를 쫑긋 세웠어.

"우정 일기장을 잃어버렸어."

"마루 탐정한테 찾아 달라고 부탁해 봐. 마루 탐정은 뭐든지 척척 해결하잖아!"

"마루 탐정 지금 어디 있는데?"

"봄봄 공원에 가 봐."

나는 마루 탐정을 찾아가기로 결심했어! 뭐든지 해결하는 명탐정이라면 내 문제도 해결할 수 있을 테니까. 길에서 만난 쥐, 까치, 고양이한테 도움을 요청했어.

"내가 급한 일이 있어서 말이야. 봄봄 공원에 가는 방법 좀 알려 줘!"

봄봄 공원에 도착했어. 그런데 사람이 너무 많았어. 과연 내가 마루 탐정을 찾을 수 있을까 걱정됐지. 하지만 현이 형을 생각하면 고민할 시간이 없었어.

마루 탐정을 찾아 돌아다니다가 한 아이를 발견했어. 커플을 유심히 관찰하고 있었지. 웃고 있었지만 눈빛이 무척 날카로웠어. 마루 탐정 같았어. 나는 그 아이를 향해 달려갔어.

"마루 탐정 맞지?"

아이가 고개를 끄덕였어. 나는 간절한 마음으로 외쳤어.

"부탁이 있어!"

단서를 찾아라!

몽구는 나, 마루 탐정에게 자기 이야기를 전부 털어놓았어.

나는 탐정 수첩을 꺼내 단서가 될 만한 내용을 정리했지.

몽구는 나를 만났을 때부터 지금까지 계속 눈물을 글썽였어. 그런 몽구가 너무 안타까웠지.

"형이 너무 보고 싶어. 현이 형한테 미안해."

나는 몽구를 쓰다듬어 주었어.

"걱정하지 마. 내가 있잖아!"

개가 사건을 의뢰한 건 처음이라 몽구를 어떻게 도와줄지 고민했어. 나는 개를 키워 본 적도 없거든.

'누가 개를 키우더라……. 아! 지애!'

얼마 전, 지애는 강아지 뚱이를 찾아 달라고 사건을 의뢰했어. 다행히 한 시간도 채 되지 않아서 뚱이를 찾았지.

'가족을 애타게 찾고 있어요'라는 앱에 잃어버린 반려동물 사진을 올리면 사람들이 댓글을 써. '길을 다닐 때 눈여겨볼게요!' 같은 내용이지. 이용하는 사람 대부분이 반려동물을 키워서 그런지 자기 일처럼 도와주더라. 생김새가 비슷한 반려동물을 보면 사진을 찍어서 확인해 보라고 보내 주기도 하고. 나도 지애한테 사건을 의뢰받고 뚱이 사진을 앱에 올렸어. 그랬더니 곧 마트 앞에서 뚱이를 봤다는 메시지가 오더라.

우리는 바로 마트로 가 종이 상자 안에서 웅크리고 있는 뚱이를 찾았지!

나는 몽구한테 말했어.

"네 사진을 찍어서 앱에 올리자. 가족들이 앱을 보고 나한테 메시지를 보낼지도 몰라."

휴대 전화 카메라로 몽구 얼굴, 앞모습, 뒷모습을 찍었어. 몽구는 언제 슬퍼했냐는 듯 눈을 동그랗게 뜨고 혀를 내밀었어. 마치 기분이 좋아서 웃는 것처럼.

"사진 잘 나왔어? 현이 형한테 힘들어하는 모습 보여 주기 싫거든."

몽구한테 사진을 보여 줬어. 몽구는 사진을 마음에 들어 했어. 나는 '가족을 애타게 찾고 있어요' 앱에 몽구 사진을 올렸어.

혹시 몽구를 찾는 사람이 있을까 싶어 앱에 올라온 글을 둘러봤어. 연락처를 적어 둔 이름표 덕분에 반려동물을 찾았다는 글이 눈에 띄었어. 나는 재빨리 몽구 목을 살펴봤지만 이름표는 없었어.

'꼬르륵'

몽구는 배가 고픈 것 같았어. 나는 몽구를 데리고 근처 동물 병원으로 갔어. 가방에서 지갑을 꺼내 멍멍바를 샀어. 다행히 이번 달 용돈이 조금 남았거든.

"처음으로 산 개 간식이야. 맛있게 먹어."

몽구가 멍멍바를 순식간에 다 먹었어. 나는 수의사 선생님한테 몽구에 대해 물었어. 수의사 선생님이라면 나와 몽구를 도와줄 수 있을 테니까!

"몽구가 지금 가족을 찾거든요. 혹시 좋은 방법이 있을까요?"

판다가 그려진 옷을 입은 수의사 선생님이 나랑 몽구를 번갈아 보면서 말했어.

"상태를 보니 집에서 키우던 강아지 같은데. 반려동물 몸에 보호자 연락처가 담긴 칩을 넣기도 하거든. 한번 확인해 보자."

나는 몽구한테 반려동물 내장 칩이 있기를 바랐어. 수의사 선생님이 리더기로 몽구 목덜미를 훑었어.

"몽구는 반려동물 등록을 하지 않은 것 같구나. 몽구를 키운 지 얼마 안 된 건가……."

수의사 선생님은 별 도움을 못 줘 미안하다고 했어. 자기가 도울 일이 있으면 언제든 돕겠다는 말도 덧붙였지. 나는 수의사 선생님한테 인사하고 동물 병원을 나왔어. 몽구가 실망한 것 같았어. 앱을 보고 메시지를 보내온 사람도 없었어. 하지만 몽구 옆에는 지금 누가 있지? 바로 무슨 사건이든 척척 해결하는 어린이 탐정 마루가 있지!

몽구의 가족을 찾을 방법을 다시 고민하다 휴대 전화로 반짝반짝 아파트를 검색했어. 가족들이 몽구를 찾기 어렵다면, 우리가 찾아가면 되잖아! 그런데 반짝반짝 아파트가 전국에 열두 곳이나 있는 거야. 내가 곤란한 표정을 짓자 몽구가 반짝반짝 아파트에 대해 설명했어.

"반짝반짝 아파트는 엄청 높아. 정확히 몇 층인지는 모르겠어. 음…… 아파트 근처에 있는 구불구불한 숲길을 산책한 기

억이 나. 맞다! 현이 형은 햇살초등학교에 다녀!"

알고 보니 현이는 나랑 나이가 같았어. 현이를 만나면 몽구
가 그동안 얼마나 고생했는지 말해 주고 몽구를 잘 챙기라고
어마어마하게 잔소리할 생각이었어.

반짝반짝 아파트, 구불구불한 숲길, 햇살초등학교. 단서가
많은 편은 아니었지만 몽구 덕분에 중요한 정보를 얻었어. 몽
구의 가족을 금방 찾을 것만 같은 기분 좋은 예감이 들었어!

우린 꼭 다시 만날 거야

마루가 휴대 전화로 계속 나에 대해 검색했어. 마루한테 고맙기도 하고 미안하기도 했어.

"현이 형이 너한테 엄청난 선물을 줄 거야. 나를 다시 만나게 해 줬으니까. 너만 괜찮다면 바삭바삭 사료를 한 봉지 주고 싶은데 말이야. 바삭바삭 사료를 먹는 순간 세상에서 가장 행복한 개가 되거든!"

마루가 고개를 저었어.

"아니야. 나는 사건을 해결하는 것만으로도 충분히 행복해. 바삭바삭 사료는 너 다 먹어."

마루는 탐정 수첩에 지도를 그리며 설명했어.

"햇살초등학교와 가까운 거리에 반짝반짝 아파트가 두 군데 있더라고. 다행히 여기서 멀지 않아. 가까운 반짝반짝 아파트부터 가 보자."

나는 마루와 함께 반짝반짝 아파트로 갔어. 집에 돌아갈 수 있다고 생각하니까 몸이 가벼웠어. 계속 뛰다시피 걸었지. 얼른 현이 형을 만나서 행복하게 해 주고 싶었어.

그런데 먼저 간 반짝반짝 아파트는 우리 집이 아니었어. 아파트에 동이 두 개밖에 없었거든. 건물도 좀 더 오래된 것 같고 말이야.

조금 실망했지만 여기서 멈출 수 없었어. 힘을 내서 다음 반짝반짝 아파트로 향했어. 마루가 소리쳤어.

"저기, 반짝반짝 아파트!"

나는 반짝반짝 아파트로 달려갔어. 정문에 들어서자 현이 형 냄새가 나는 것 같았어.

'킁킁'

코로 숨을 최대한 깊게 들이마셨어. 정원에서 나는 흙 냄새와 분수에서 나는 물 냄새가 익숙했어.

'찾았다! 여기가 바로 우리 집이야!'

그런데 마루가 걱정스러운 목소리로 말했어.

"몽구야, 이번에는 아파트 단지가 너무 커. 산책했던 기억을 떠올려 봐."

현이 형과 산책했던 기억을 떠올렸어. 사실 나는 산책을 가 본 적이 별로 없었어.

현이 형의 가족이 되고 시간이 꽤 지나고 나서야 처음 산책을 했어. 나는 신이 나서 구불구불한 숲길로 뛰어갔지. 한참을 신나게 달리다가 뒤를 돌아봤는데 아무도 없었어. 나무가 우거진 어두운 숲길에 나 혼자라니, 갑자기 너무 무서웠어. 나는 왔던 숲길을 돌아갔어. 현이 형이 숲길 입구에서 나를 보고 키득거렸어.

"훈련 성공!"

무슨 훈련인지 잘 몰랐지만 어쨌든 성공했다는 말을 듣고 뿌듯했지. 하지만 똑같은 훈련을 다시 하고 싶지는 않았어. 그날 나무 유령한테 쫓기는 꿈을 꾸었거든.

처음 산책했던 날의 기억을 떠올리는데마루가 말했어.

"반짝반짝 아파트를 돌아다니다 보면 생각날지도 몰라."

나는 마루와 정원으로 갔어. 마루가 정원을 보고 말했어.

"예쁜 꽃도 많고 분수도 있네. 여기서 자주 놀았을 것 같은데."

마루 생각과 달리 정원도 거의 오지 않았어. 산책을 가자고 현이 형을 엄청 조른 적이 있었어. 게임을 하느라 꿈쩍도 하지 않던 현이 형이 드디어 내 목에 줄을 걸었어. 우리는 정원으로 갔어. 현이 형은 내 목줄을 벤치에 묶어 놨어. 제대로 산책도 못 해 보고 내내 휴대 전화 게임만 하는 형을 기다리다 곧장 집으로 돌아왔지.

그러던 어느 날, 개 전용 러닝머신이 집으로 배송됐어. 그 뒤로는 산책 가자고 조르면 현이 형은 나를 러닝머신 앞으로 데리고 갔어. 지금 생각해 보니 개 전용 러닝머신은 산책을 안 나가려고 사 준 거였어. 혼자 알아서 뛰라고 말이야. 개 전용 자동 욕조도 나를 목욕시키기 귀찮아서 들여놓은 걸까? 아니야. 현이 형, 엄마, 아빠는 나를 위해서 최선을 다했어. 많은 강아지 중 나를 가족으로 맞아 줬고, 나한테 필요한 물건은 가장 비싼 제품으로 사 줬으니까.

곧 현이 형을 만날 생각을 하니 기분이 좋았어. 엄마, 아빠도 내가 얼마나 보고 싶겠어? 가족을 더 오래 기다리게 하고 싶지 않았어.

믿을 수 없어

나는 몽구와 드디어 반짝반짝 아파트에 도착했어. 반짝반짝 아파트에 오면 몽구가 집을 쉽게 찾을 줄 알았는데 웬일인지 집을 찾지 못했어. 반짝반짝 아파트 구조를 모르는 걸 보면 산책을 자주 하지 않았나 봐.

우리는 반짝반짝 아파트 정문에 있는 경비실에 들렀어. 경비 아저씨라면 현이네 가족에 대해 알지도 모른다고 생각했거든. 하지만 경비실에는 아무도 없었고, 팻말만 붙어 있었어.

순찰 중

몽구와 경비실 앞에서 순찰을 나간 경비 아저씨가 돌아오기를 기다렸어.

"곧 현이를 만날 수 있을 거야."

내 위로에 몽구가 기분이 좋은지 '컹!' 짖었어. 드디어 경비 아저씨가 돌아왔어.

"얘들아, 여기서 뭐 하니?"

나는 경비 아저씨한테 인사했어.

"안녕하세요! 아저씨한테 여쭤볼 게 있어서요. 혹시 현이를 아세요?"

경비 아저씨가 곰곰이 생각했어.

"현이? 현이가 누구더라……."

경비 아저씨는 몽구를 유심히 쳐다봤어.

"아, 개를 보니까 생각나네! 너무 꼬질꼬질해서 바로 못 알아봤어. 벤치에 묶여 있던 강아지로구나. 산책은 안 하고 목줄을 벤치에 묶어 놔서 내가 한마디 했었지. 개가 답답해하지 않겠냐고. 그런데 대수롭지 않게 대답하더구나. 상관없다고. 그 아이 이름이 현이인가 보구나."

경비 아저씨 말에 나는 몽구를 살폈어. 혹시라도 상처받지 않았을까 해서. 애써 괜찮은 척하는 건지 몽구는 덤덤한 표정을 지어 보였어.

어쨌거나 현이를 아는 사람을 만나서 다행이었어. 이 넓은 아파트 단지에서 현이가 어디 사는지 알 수 있을 테니까.

"몽구를 현이한테 데려다주려고 하는데 도와주실 수 있나요?"

경비 아저씨는 현이네 집에 인터폰을 했어. 하지만 아무도 받지 않았지.

"요즘 여행을 자주 다니더구나. 한동안 사정이 있어서 여행을 다닐 수가 없었다나. 다행히 문제를 해결해서 이제는 괜찮다고 하더구나."

'문제? 설마…….'

다행히 몽구는 여기저기 냄새를 맡느라 경비 아저씨 말을 못 들은 것 같았어. 경비 아저씨가 말했어.

"지금 이 시간이면 121동 근처 놀이터에 가면 만날 수 있을지도 모르겠구나."

와~!

훗!

나는 몽구와 121동을 찾아갔어. 반짝반짝 아파트가 너무
복잡해서 121동을 찾기 어려웠어. 이곳저곳 헤매고 있는데 어
디선가 아이들이 웅성거리는 소리가 들려왔어. 소리가 나는
쪽으로 가 보니 놀이터가 있었지.

"아빠가 생일 선물로 사 준 로봇 개야."

몽구가 자리에 멈춰 서서 귀를 쫑긋거리더니 꼬리를 힘차게 흔들었어. 나는 아이들 틈을 비집고 들어갔어. 몽구의 반응을 보니 현이를 찾은 것 같았거든.

나와 키가 비슷한 남자아이가 아이들한테 둘러싸여 로봇 개를 자랑하고 있었어.

"얘는 털도 빠지지 않고 산책시킬 필요도 없어서 좋아. 게임할 때도 나를 귀찮게 하지 않고. 내가 심심할 때만 놀아 줘도 돼. 루키, 짖어!"

로봇 개가 '앙앙' 짖었어. 아이들이 너도나도 로봇 개한테 명령을 내려 보고 싶어 했어.

"현아, 나도 한번 해 보면 안 돼?"

'아…… 저 아이가 현이구나. 몽구한테 로봇 개 이야기는 듣지 못했는데, 몽구가 없어져 로봇 개를 생일 선물로 받은 건가.'

그 아이, 아니 현이가 말했어.

"안 돼. 루키는 내 목소리만 인식하거든. 고장 나면 책임질 거야?"

나는 현이한테 물었어.

"그럼 네가 키우던 몽구는?"

현이는 갑작스러운 질문에 당황하지 않았어.

"아빠랑 엄마가 시골로 보냈어. 냠냠 휴게소에서 먼 친척을 만나서 몽구를 줬대. 거기서 잘 지내겠지."

몽구는…… 현이네 가족을 잃어버린 게 아니었어.

"네가 어떻게 알아? 거기서 잘 지내는지 확인해 봤어?"

현이가 눈썹을 찌푸렸어.

"너 누군데 자꾸 몽구 이야기를 하는 거야? 네가 무슨 상관인데. 몽구는 시골에서 뛰어놀라고 보낸 거야."

현이가 거짓말을 하는 것 같지는 않았어. 하지만 몽구를 딱히 보고 싶어 하는 것 같지도 않았지. 현이는 로봇 개한테 명령했어.

"루키, 집에 가자."

로봇 개가 현이를 따라 걷기 시작했어. 현이가 아이들한테 말했어.

"좀 비켜 줄래?"

아이들이 양쪽으로 비켜섰어. 나는 현이 팔을 붙잡았어. 이대로 현이를 보낼 수는 없었지.

"몽구가 나한테 가족을 찾아 달라고 했어. 몽구 지금 저기에 있어. 집으로 데리고 가."

현이가 잠시 생각하는 것 같았어. 하지만 이내 거절했어.

"몽구가 쓰던 물건 다 팔았어. 그리고 루키 때문에 안 돼. 몽구가 실수로 루키 넘어뜨릴 수도 있잖아. 나는 몽구보다 루키가 좋아!"

현이가 로봇 개를 데리고 내 옆을 지나갔어. 나는 뒤를 돌아봤어. 몽구가 꼬리를 흔들고 있었어. 자기를 모른 척하는 현이를 동그란 눈으로 올려다보면서 말이야.

머리를 양 갈래로 묶은 아이가 몽구를 보고 고개를 갸웃거렸어.

"현이네 개 맞는 것 같은데…… 아닌가?"

나는 현이를 쫓아갔어. 현이네 집은 숲길 가장 안쪽에 있는 121동이었어.

"야! 몽구한테 너무한 거 아니야? 너 만나려고 몽구가 얼마나 고생했는지 알아?"

현이가 멈춰 섰어.

"어쩔 수 없어. 내가 다시 데리고 가도 똑같은 상황이 될 거야."

현이는 현관 비밀번호를 눌렀어. 현관문이 열리자 로봇 개와 함께 건물 안으로 들어갔어. 나는 현이를 붙잡으려고 했지만 몽구 때문에 그럴 수 없었어. 몽구가 내 앞을 막아섰거든. 그만해도 된다는 의미 같았어.

나는 더 이상 현이한테 아무 이야기도 하지 않았어. 대신 몽구를 꼭 안아 줬어. 몽구가 너무 슬플 것 같았거든.

새로운 가족

마루가 나를 꼭 안아 줬어. 나는 너무 슬펐어. 5년 동안 함께했던 가족들과 이렇게 헤어지다니. 나한테는 현이 형이 전부였는데……. 나 대신 현이 형 옆에 있는 로봇 개가 미웠어. 하지만 현이 형과 엄마, 아빠를 떠나야 한다는 생각이 들었어. 아무도 나를 원하지 않으니까.

우리는 아파트를 빠져나와 길을 따라 걸었어. 나는 앞으로 어떻게 살아갈지 걱정됐어. 안타까운 표정으로 나를 보는 마루한테 인사했어.

"도와줘서 고마워."

마루가 조심스럽게 물었어.

"괜찮아?"

"안 괜찮아. 이제 우리 집…… 아니, 현이 형 집에 갈 수 없을 것 같아. 내가 필요 없다는데 어떻게 해. 돌아간다고 해도 나를 다시 냠냠 휴게소에 두고 올 거야. 두 번 버림받고 싶지 않아."

나는 고개를 숙였어. 그때 마루 휴대 전화가 울렸어. 마루가 누군가와 통화했어.

"응, 엄마. 친구한테 문제가 생겨서 도와주느라 전화를 못 했어. 금방 갈게."

마루가 곤란해했어.

"나 이제 집에 가야 할 것 같아. 엄마가 많이 걱정해."

나는 마루한테 앞발을 내밀었어.

"너는 정말 멋진 탐정이야. 잘 가."

마루가 나와 눈을 맞추며 머리를 쓰다듬어 주었어. 그리고 손을 흔들면서 집으로 갔어. 마루는 자꾸 뒤를 돌아보다 골목으로 사라졌어. 마루 모습이 보이지 않았어.

현이 형 집에 돌아가지 않기로 결심했지만 막상 갈 데가 없었어. 새끼 때 현이 형을 만나서 아는 곳이 반짝반짝 아파트뿐이었거든.

하지만 떠나야 했어. 혹시라도 현이 형이랑 마주치면 마음이 너무 아플 것 같았어.

반짝반짝 아파트와 멀어지려고 한참을 걸었어. 그러다 버스 정류장 의자에 앉았어. 다리가 무척 아팠거든. 우두커니 앉아 있다 보니 어느새 해가 기울었어. 버스가 몇 대나 지나갔는지 몰라. 냠냠 휴게소에서 봤던 길고양이가 음식이 있을 때 미리 먹어 두라고 조언해 준 게 떠올랐어. 길고양이는 내가 자기와 같은 처지라는 걸 알았던 거야. 나는 너무 속상했어.

'앞으로 어떻게 지내야 할까? 누군가의 가족이 될 수 있을까? 아니, 어쩌면 길에서 사는 게 마음 편할지도 몰라.'

그때 덩치 큰 아저씨가 나한테 다가왔어.

"웬 개가 여기 있지? 보호자가 없는 것 같은데."

아저씨가 나를 향해 손을 뻗었어. 당황한 나는 자리에서 꼼짝도 하지 못했어.

'이대로 저 아저씨한테 잡혀가는 건가……. 나는 이제 어떻게 되는 거지?'

그때였어. 어디선가 마루 목소리가 들렸어.

"몽구는 내 친구예요. 아저씨가 데리고 가면 안 돼요!"

뒤돌아보니 마루가 이리로 달려오고 있었어. 마루의 날카로운 외침에 아저씨가 말했어.

"이 개가 네 친구라는 증거라도 있어?"

아저씨는 믿기 어렵다는 표정을 지었지.

"몽구야, 나한테 와!"

마루가 웅크리고 앉아 두 팔을 벌렸어. 나는 용기를 내 의자에서 내려갔어. 그리고 마루 품으로 달려가 안겼어.

아저씨가 환하게 웃었어. 눈이 반쯤 감길 정도로 말이야!

"친구 맞구나. 다행이다. 보호자가 없으면 내가 임시 보호 하려고 했지. 앞으로도 좋은 친구로 지내렴."

마루도 그제야 안심이 됐는지 씩씩하게 대답했어.

"네!"

아저씨가 다시 가던 길을 갔어. 티셔츠 뒤에 귀여운 강아지 그림이 그려져 있었어. 나와 마루는 동시에 웃음을 터뜨렸어.

우리는 나란히 의자에 앉았어. 마루가 하고 싶은 이야기가 있는 것 같았어. 그런데 입을 떼지 않고 한참을 망설였어.

"얼른 집에 가. 엄마가 계속 걱정할 텐데."

마루가 고개를 돌려 나와 눈을 맞췄어.

"있잖아, 곧 날이 어두워질 거야. 우리 집에 같이 가지 않을래?"

나는 깜짝 놀랐어.

"갑자기 왜……"

"사실 친구들은 사건이 일어났을 때만 나를 찾아. 항상 내 마음

을 털어놓을 친한 친구가 있으면 좋겠다고 생각했어."

마루가 고개를 숙이고 말을 이었어.

"너랑 같이 다니는데 이상하게 지켜 주고 싶었어. 처음 보는 나를 믿고 네 이야기를 다 하는 게 신기했어."

나는 속마음을 털어놓는 마루의 손을 핥아 주었어. 왠지 위로해 주고 싶었거든.

"엄마한테 너 데려와도 된다고 허락받았어. 대신 용돈 모아서 사료 살 때 보태기로 했어. 매일 산책하고 목욕이랑 배변 패드 치우는 것도 돕기로 약속했어! 물론 예전만큼 비싸고 좋은 물건은 사 주지 못하겠지만 나는 너랑 언제나 함께할 거야. 너는 어때?"

나는 꼬리를 흔들며 마루한테 말했지.

"나도 너랑 언제나 함께하고 싶어!"

마루와 마루네 집, 아니 우리 집으로 갔어. 새로 만날 가족은 어떤 모습일지 너무 기대됐어.

마루가 손가락으로 초록색 지붕을 가리켰어.

"저기가 우리 집이야. 뒤편에 봄봄 공원이 있는데 혼자 갈 때가 많아서 심심했거든. 우리 자주 산책 가자, 몽구야! 네가 있어서 정말 좋아."

우리는 함께 집으로 달려갔어.

'여기가 우리 집이라니…….'

철문을 지나자 작은 마당이 보였어. 나는 담장 아래에 핀 꽃 향기를 맡았지. 마루가 현관문을 열자 엄마와 아빠가 나를 반겨 주었어.

"몽구야! 환영한다!"

털이 새까매진 나를 보고도 활짝 웃는 엄마와 아빠를 보니 안심이 됐어. 마음이 따뜻했어.

개를 키울 때 주의할 점

개는 매일 산책해야 해요

개는 산책하면서 스트레스를 풀어요. 영역 표시를 하기도 하고 냄새를 맡으며 다른 개들의 정보를 확인하기도 해요. 개가 스트레스를 받지 않게 하려면 하루에 한두 번, 30분 정도 산책해야 해요. 나이와 품종에 따라 원하는 산책 시간이 다르니 보호자의 확인이 필요해요!

개는 목욕을 시켜 줘야 해요

개는 산책하다가 털과 피부가 오염될 수 있어요. 진드기와 벼룩이 옮을 수도 있고요. 2주나 3주에 한 번 꼭 목욕을 해서 깨끗한 몸 상태를 유지해야 하지요. 외출하지 않아도 목욕을 해야 해요. 피부에 노폐물이 쌓이면 털이 뭉치고 피부병에 걸릴 수 있어요. 목욕을 하고 나면 반드시 털을 말려 감기에 걸리지 않도록 해 주세요!

개는 양치질을 해 줘야 해요

음식물 찌꺼기나 박테리아가 쌓이면 치석이 돼요. 치석은 잇몸 염증을 일으키므로 치석이 생기지 않도록 매일 양치질을 해 줘야 해요. 잇몸 염증은 다른 장기에 퍼질 수도 있답니다. 개의 치아 건강은 수명에도 영향을 미치지요. 따라서 개도 사람처럼 꾸준히 구강 관리를 하는 것이 중요해요!

개가 먹는 음식도 중요해요

개도 사람처럼 골고루 먹는 것이 중요해요. 연령에 맞는 사료를 골라서 먹이고 다양한 보조 식품으로 영양분을 보충해 줘야 해요. 단, 너무 많이 먹이면 비만이 될 수도 있으니 적정량을 정해 두고 먹여요. 사람이 먹는 음식은 개에게 해가 될 수 있으니 함부로 주어서는 안 돼요!

개도 사람처럼 주사를 맞아요

개도 병원에서 예방 주사를 맞아요. 특히 어린 강아지는 면역력이 약해서 주기적으로 필수 예방 주사를 맞아야 해요. 봄과 가을에는 광견병 예방 접종을 해 주어야 하고요. 개도 건강을 위해 사람처럼 건강검진을 받아야 해요. 기간을 정해 두고 꾸준히 병원에 데려가야 해요!

반려동물은 우리의 가족이에요

반려동물은 우리처럼 생명을 지닌 존재예요. 그 누구도 소중한 생명을 함부로 대해서는 안 돼요. 자신의 선택으로 반려동물을 가족으로 맞이한 만큼 끝까지 책임지고 돌보는 자세가 필요해요. **우리는 반려동물의 가족이자 보호자니까요!**

노력이 필요한 사이, 반려동물과 나

몇 년 전, 현관문이 열린 틈을 타 반려 고양이 콩심이가 사라진 적이 있어요. 콩심이를 찾으러 돌아다니던 나는 깜짝 놀랐어요. 여기저기에서 유기 동물을 발견했거든요. 매년 여름 휴가철이 되면 유기 동물이 급격하게 늘어난다는 뉴스를 접했지만 실제로 마주하니 마음이 너무 아팠어요. 유기 동물은 가족이 자신을 찾고 있다고 믿을 거예요. 가족이 날 버린 게 아니라 잃어버린 거라고 생각하면서, 쌩쌩 달리는 자동차를 무서워하면서 가족의 품으로 돌아갈 순간을 기다릴 거예요.

반려동물은 우리의 가족이에요. 너무 자주 들어서 뻔한 말이지만 아직도 반려동물을 물건처럼 취급하는 사람이 많아요. 귀찮아서, 나이가 들어서, 병에 걸려서 반려동물을 버려요. 가족은 언제나 함께하는 존재인데 말이죠.

가족에게 버림받은 반려동물은 결코 잘 지낼 수 없어요. 길에서 사는 반려동물의 평균 수명은 고작 일이 년에 불과해요. 동물보호소에 간다고 해도 상황은 크게 다르지 않아요. 보호 기간인 14일이 지나면 안락사를 당하거든요. 그러니 반려동물을 키우기 전에 몇 번이고 신중하게 고민하기를 바라요. 반려동물은 우리처럼 생명을 지닌 존재니까요.

몽구와 마루는 엄청 즐겁게 지낼 거예요. 가끔 피곤해도 빼먹지 않고 산책을 나가는 마루 덕분에 몽구는 매일 신나게 뛰어놀겠죠. 마루 기분이 안 좋으면 몽구가 가장 먼저 알고 꼬리를 흔들며 마루 곁으로 갈 거고요. 몽구와 마루처럼 반려동물과 마음이 통하는 친구가 되려면 많은 노력이 필요하다는 점 잊지 마세요!

사랑스러운 몽구, 마루와 함께 인사를 전해요. 세상에서 가장 용감한 큰아버지, 존경합니다. 내 친구 김세라, 응원한다.

정유리